Le Nouveau Monde

Anaïs Vanel

Le Nouveau Monde

Illustrations de Margaux Motin

Flammarion

ISBN : 978-2-0802-5074-2

À tous les peuples oubliés qu'il nous faudra
bientôt humblement écouter.

« Au fond, le seul courage qui nous est demandé est de faire face à l'étrange, au merveilleux, à l'inexplicable que nous rencontrons. »

Rainer Maria Rilke, *Lettres à un jeune poète*.

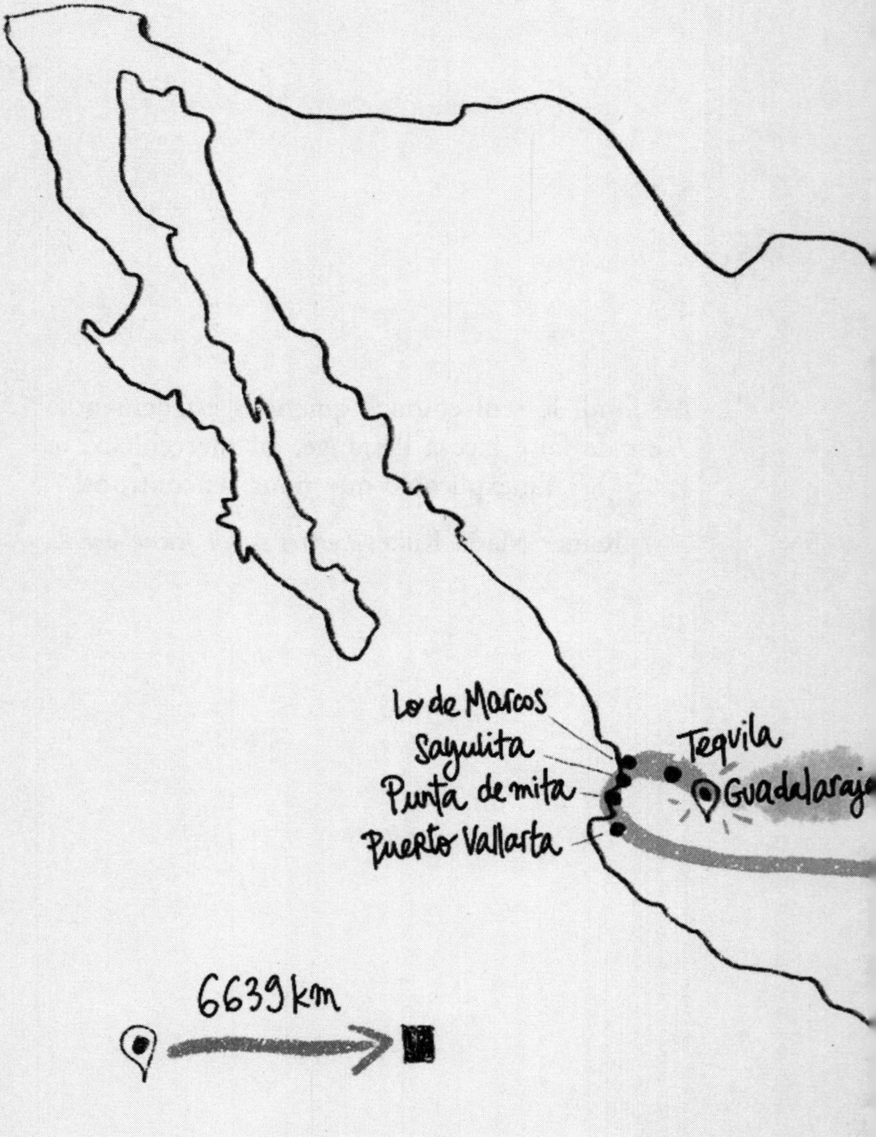
Lo de Marcos
Sayulita
Punta de mita
Puerto Vallarta
Tequila
Guadalaraj
6639 km

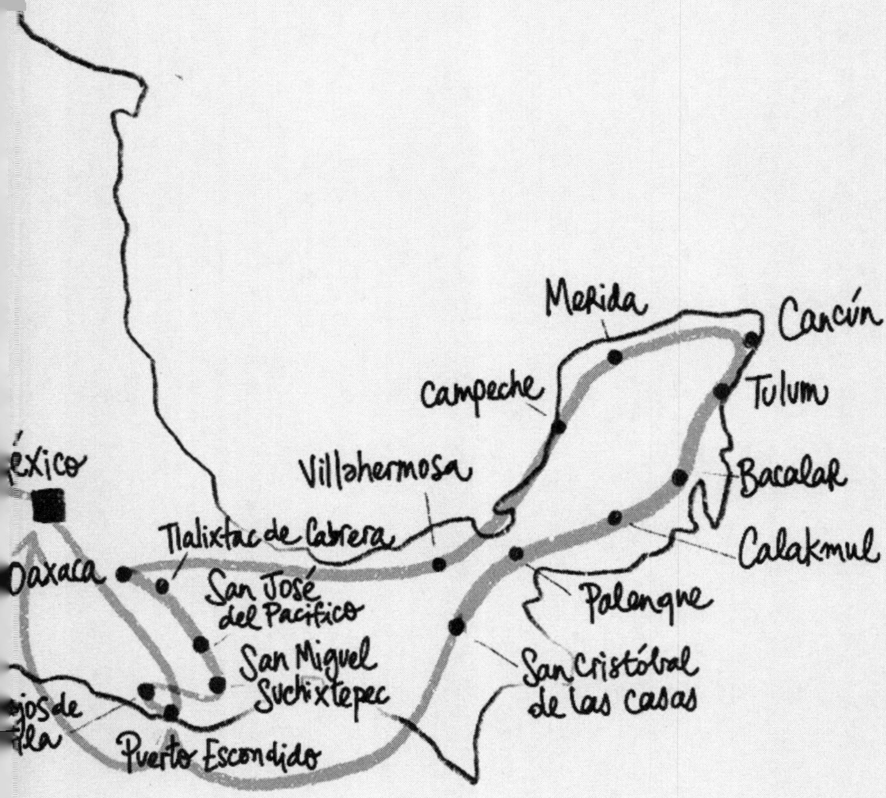
Merida
Cancún
Campeche
Tulum
Villahermosa
Bacalar
Tlalixtac de Cabrera
Calakmul
Oaxaca
San José
del Pacifico
Palenque
San Miguel
Suchixtepec
San Cristóbal
de las casas
Puerto Escondido

Le réveil

« Au-dessus du vacarme, me parviennent les intonations musicales d'une langue inconnue. »

Nellie Bly, *6 mois au Mexique*

Il est des rêves
du bout du monde,
étranges et imprécis.
Il est des rêves
d'un nouveau monde
devenus prophéties.

De l'ennui
germent toutes sortes d'idées.
Une longue après-midi
devient expédition
vers la rivière.
Une exotique pensée
une destination,
un soir d'hiver.

Mon stylo-plume
en bois de noyer
a bavé sur mon carnet.
L'encre ocre
a recouvert mes doigts.
Dans les couloirs de l'aéroport,
la terre rouge s'étend devant moi.

Sur l'écran,
l'heure de la vieille Europe.
Au-dessus de l'océan,
je remonte le temps.
Des souvenirs
péninsulaires
s'évaporent
entre deux fuseaux horaires.

Qui serai-je,
quand les sons,
le langage,
les couleurs,
les saveurs
me seront inconnus ?

Je suis désormais vierge
de tout savoir.
C'est ainsi que se reboise
la mémoire.

Je me fonds,
muette
dans la ville
qui dort encore.
Je me fonds,
aveugle,
et je m'endors.

Les rêves vivaces laissent place
aux réveils troublés.
Quelques souvenirs s'envolent,
bientôt leur goût disparaît.
Ici s'éveille le songe d'un autre
tandis que l'aube éclaire
l'entre-deux-mondes
par le petit hublot de verre.
Un des carreaux sur le patio
est cassé.
Un oiseau est entré.

Se réveiller
dans un endroit
inconnu
est la meilleure façon
d'arriver
quelque part.

J'ai traversé
sept frontières invisibles.
Le décalage
commence.
Il est horaire
et il est dense.

La grande porte en bois
par laquelle je suis arrivée
a cessé de m'effrayer.
Chaque jour elle ouvre
sur un ciel bleu
et un monde coloré.

La rue est fleurie.
Les murs
arborent des peintures
aux couleurs vives
et complémentaires,
et les troncs d'arbres
des graffitis rudimentaires.
Un cactus qui sourit,
un papillon endormi.

Un marché couvert
dégage des odeurs
ni inconnues
ni familières.
Une vieille dame s'affaire
autour d'un feu
et d'une plaque de terre cuite.
Et le *nopal* brûle
sur le *comal*.

À quelques pas,
une église de style néogothique
se dresse là.
Pierres de taille,
vitraux, bois,
bronze et mosaïque.
Soudain,
un carillon de vingt-cinq cloches
entame un air de *mariachi*,
tandis que sur la façade gauche
défilent Jacques, Pierre et Barthélemy.

J'entends le murmure des voitures,
quelques sons étrangers
que je peux nommer
sans les connaître tout à fait.
Ferraille, pompier.
Celui-ci, qu'est-ce que c'est ?
La ville chantonne
et je m'en étonne
depuis le canapé.

Une fenêtre
fermée,
une fenêtre
ouverte.
L'ailleurs à l'extérieur
et je me recompose
tandis que le bouquet de roses
embaume la maison.

Tout ne tient qu'à une rue,
que j'explore patiemment
de mes pas ingénus.
Tous les matins
le camion de gaz déboule
en chantant son refrain.
À la même heure
le même garçon
sort de la maison rose.
Au même moment
son amoureuse
entonne la même chanson.

Jaune, rouge,
bleu, rose,
vert, mauve,
tant de combinaisons
sur les murs des maisons.
Rose, jaune,
rouge, vert,
bleu, mauve,
le dieu constructeur
a une sacrée boîte de couleurs.

Un bruit sourd
a résonné dans la cour
du fond.
Sur le carrelage foncé,
une orange est tombée.
Et tout le soir respire
la fleur d'oranger.

Le café aux grandes baies vitrées
invite à entrer.
Au sol, des carreaux carrés,
et au mur jaune orangé,
un tableau qui ressemble
à un mauvais Miró.
Sur la table en bois qui sent le nettoyant,
une plante prend l'eau
dans une bouteille en verre.
Sur ce vase improvisé
la lumière se reflète
tandis que la petite télé
passe une musique de fête.
Derrière le comptoir en bois,
la cuisine, ouverte.
Le vieux monsieur avec une casquette
paraît plus humble que malpoli.
Peut-être apprendrai-je son nom.

De la cour d'à côté
montent des notes lourdes
sur un piano ;
des enfants répètent en chœur
ce que chante le maître.
Je crois qu'il est question
de Pancho Villa,
de *tortilla*
et d'une fête.

Parler une langue étrangère,
c'est d'abord apprendre
à ne pas parler.

C'est jour de lessive.
Dans le *lavadero*
je frotte
ça mousse
et l'eau déborde,
partout ruisselle,
jusque sur mes pieds nus
et la mousse du savon de Marseille
se répand jusque sur mon sourire ému.

Hier la terre a tremblé
sans que je m'en aperçoive.
Dans le patio
les vitres ont vibré
si fort
que je me suis demandé
par où le vent est entré.
Le temps que je comprenne
que c'était la terre qui bougeait,
tout s'est arrêté.

Tout lieu
qu'on peut connaître,
comprendre,
et ressentir peut-être.
Un peu d'intimité,
un lit où s'allonger.
Que ce soit pour une nuit,
trois jours ou bien un mois,
je veux bien appeler
maison
ces endroits-là.

À côté de la station de métro,
un stand de *tacos*.
Vite vite !
Il faut commander.
Les gourmands se pressent et sont pressés.
Vite vite !
Les *tortillas* s'envolent
dans un ballet gourmet.
Vite vite !
Il faut se décider.
Barbacoa, *salsa*, oignon, coriandre hachée.
Vite vite !
C'est prêt.

Je suis allée manger une *torta ahogada*
chez *Las Tortugas Ninja.*
Torta, tortuga, tortuga ahogada,
Tortugas Ninja.
Tandis que je déchiffre
un jeu de mots
que je ne comprends pas,
une jeune fille aux cheveux roses
m'apporte une *horchata.*

De la cathédrale
à l'institut culturel,
tout est prêt.
La lumière inonde la ville
pour son anniversaire.
Mariachi, *alebrije*,
il y a même un DJ
qui fait chanter la foule
avec allégresse.
« *Ay ay ay ay*
Canta y no llores
Porque cantando se alegran
Cielito lindo
Los corazones. »
On chante fort, on chante faux
et puis la clameur cesse.
La chanson se termine,
la foule se disperse.

De l'autre côté du boulevard
s'entassent des meubles anciens
dans le hall d'un immeuble contemporain.
Au milieu des vieilleries il est écrit
qu'on apprend l'espagnol ici.
C'est bien là, tout au fond.
Jamais je n'aurais cru
me laisser guider jusqu'en classe
sous un soleil de plomb.

Les débuts
dans une langue inconnue
sont un immense puzzle
dont il faudrait dessiner soi-même
les pièces manquantes.

Pour dire oui,
on ne hoche pas la tête,
mais on plie
la première phalange de l'index.
Il faut partir,
pour s'apercevoir
qu'on ne sait rien.

Aujourd'hui je m'autorise à entrer
dans le petit restaurant
qui m'impressionnait.
Deux dames chaleureuses
m'accueillent et
je reste là, des heures,
dans ce défilé de saveurs.
Parfois, la magie qui n'apparaît plus
sous la lumière du quotidien
se retrouve dans la subtilité
d'une *salsa verde*.

Je me demande comment
on peut adopter une culture
sans la connaître,
comme si elle était déjà là,
demandant à renaître.
En France, on ne fréquente pas les toits
car ils ne sont pas plats.
On ne saisit pas pourquoi le soir venu,
le brouhaha vient d'en haut,
des jardins suspendus
au-dessus des patios.
Ce soir c'est un anniversaire,
on crie, on rit, on casse des verres,
Et les « *Mordida !* »
se perdent dans l'air du soir.

Ahora,
mañana,
maintenant
et demain
n'existent pas.
Ici le temps semble échapper
aux prisons lettrées.

Le bout de la rue
est devenu
le bout de la *colonia*
qui est devenu
le bout de la ville.
Le temps de prendre
mes marques
et je file
en saluant une dernière fois
La Minerva.

Au terminal Zapopan,
j'attends sur un banc
en observant attentivement
les bus défiler.
Voici le 131, c'est le mien.
Il n'a pas d'arrêt précis
il s'arrête quand on le lui dit.

Sur le bord de la route,
des pneus,
un capot ouvert,
des chemins de terre,
et je me perds
dans mes rêveries.
C'est en bus qu'il faut
découvrir un pays.

Je voudrais m'arrêter.
M'étendre sur la terre ocre,
et saisir chaque dentelle
dans le ciel
de cette vallée sans fin.

Un homme fait danser des fils colorés
le long de deux bâtons croisés.
L'œil de Dieu apparaît.
Ainsi se dessine le cosmos
sur cette réplique sacrée,
symbole *huichol*
qui vole
à travers l'inconnu,
et réchauffe mon cœur nu.

Une vieille dame s'assoit
à côté de moi.
« Qui es-tu ?
Assise là, hésitante
avec ton visage d'Indienne
et tes manières d'Européenne ?
Qui es-tu ?
Flottante,
perdue dans tes pensées humaines ? »
Au milieu de nulle part,
la vieille dame au regard perçant
descend et disparaît
dans les champs d'agaves.

Je suis descendue
là où la vieille dame a disparu.
La lumière s'éteint doucement
sur le volcan.
Une famille pique-nique
au milieu des champs.
Sur mes mains pleines de terre
siffle un air
de déjà-vu.

Le paradis perdu

« Perds-toi en toi, infinie,
dans ton être infini,
mer se perdant dans une autre mer. »
Octavio Paz, *Oubli*

Hermosa

L'air est moite
les peaux se collent
dans le *colectivo*
sur la côte bétonnée
de Puerto Escondido.

Des allées de maisons en béton
transpercées par des fils de fer,
des dos-d'âne féroces,
des nids-de-poule atroces,
le paradis se mérite.
Un chemin de terre,
un chemin de sable
et voilà la mer.

La maison
est imposante,
élégante
dans son jaune doré.
Le soleil fait entrer
quelques rayons
qui se faufilent dans le salon
à travers les rideaux blancs.

Ma chambre donne sur
une jungle apprivoisée.
Et depuis le hamac,
j'aperçois le bleu
derrière les palmiers.

Les gestes sont lents et réfléchis,
élégants et précis.
Ils ne se perdent jamais
en mouvements inutiles
car le corps en connaît le prix.

Trente-deux pas
jusqu'à la plage,
et sur le rivage,
les surfeurs se confondent
avec les pélicans.

Sous la *palapa*
j'entends la nuit,
et le chat
froisse les feuilles
de ce toit
que je ne connaissais pas.

Les matins sont frais.
Les vagues se réveillent,
les pélicans plongent
près des rochers.

Le soleil brûle les yeux, le nez,
le sable, les pieds.
Dans le jardin défilent
Jacky, Polo, Dexter,
Armando, Valery et José.
Et c'est l'heure du petit-déjeuner.

Les oignons crépitent dans la poêle,
un piment, des tomates,
autour de la table
on attend
les *huevos a la mexicana*
tandis que chauffent
les *frijoles* et les *tortillas*.

Un pas vers l'inconnu
et c'est notre monde
qui s'agrandit.

Ne rien faire, bavarder,
courir, nager, lire, rêver,
fermer les yeux,
écouter,
engloutir une crème glacée,
et le lendemain
recommencer.

Hier un cafard dans ma serviette.
Des fourmis sur mes claquettes.
Un scorpion sur le paillasson.
On dirait que les animaux me fêtent
à l'unisson.

La voiture file,
les questions
ne fusent pas,
mais les surnoms
laissent entrevoir
la seule qui soit.
Qui es-tu
à cet instant
où nous rions ?

Dans la *lancha*
nous nous taisons
face à toutes les espèces d'oiseaux
que l'on entend,
dans ce labyrinthe de mangroves
qui mène à l'océan.
Sur la plage déserte,
nous nous baignons.
Et les yeux se perdent dans le feu
qui éclate en bruits secs,
en attendant que scintille
la lagune de Manialtepec.

La bioluminescence danse
sous le ciel sombre.
Quand les étoiles tombent,
le monde entier
se met à scintiller.

Le phytoplancton répond
aux ondulations des poissons
et nous nous jetons
dans l'eau pour les imiter.
La lumière épouse à présent
nos mouvements précipités
qui chassent la peur d'être dévorés
par un crocodile.

Des volutes de fumée,
quelques casseroles folles,
chacun laisse des traces fugaces
qu'on apprend à identifier.
On entend ronfler,
et moi je m'envole
pour mon cours d'espagnol.

Certains mots se présentent,
les autres,
il faut les convoquer.
Beaucoup entrent et sortent,
et fuient dès qu'on a le dos tourné.
Mais tous sans exception
se satisfont d'une chanson.

La cabane de jus frais
ouvre à la même heure,
avant que j'aille surfer.
Tous les jours, je repars
avec un jus de mangue
et les bribes d'une histoire
que je ne peux pas entendre
à cause du mixeur.

Selon Sapir et Whorf
la langue façonne
la pensée
et je me demande qui
je deviendrai
dans cette langue
colorée.

Je me suis habituée à la chaleur
aux moustiques,
aux scorpions,
aux mille et une espèces d'oiseaux
dont je ne connais pas le nom,
et à tous les dégradés
de la végétation.

Au marché
je découvre
les *sopes*,
les *enchiladas*,
et les différents types
de *tortillas*.
Je goûte
les *empanadas*,
bois une *agua de Jamaica*.
Pozole, *mole*,
dans les allées
flottent toutes les saveurs
de l'État d'Oaxaca.

Pour découvrir un pays
il faut en trouver l'âme.
Il faut se rendre
sur un marché
et tout goûter.

Dans la rue
se mêlent
les cris aigus et joyeux
des enfants et des chiots.
C'est un magnifique raffut.

Les vagues puissantes
s'écrasent sur les rochers,
et moi avec, comme en témoignent
les blessures sur mes pieds.
Pourtant, c'est bien un océan
pacifique.
Sous le ciel éternellement bleu,
le surf est encore un jeu.

Certaines soirées,
toute la maisonnée
se rend chez *Chicama*
pour manger un *ceviche*
et retrouver quelques visages familiers.
Colin et Charly, les Américains,
Julien le Réunionnais,
Matías l'Argentin.
Ensemble on refait le monde
et il ne fait qu'un.

La nuit les chiens aboient
et je me lève parfois
pour écouter ce qu'ils ont
de si précieux,
de si urgent à dire.

Un petit garçon
vêtu d'un slip
et de bottes rouges
vient d'entrer dans le jardin
à la recherche de son chien.
D'un pas fier
il s'avance
en marmonnant.
Le chien accourt,
et le petit garçon
l'attrape difficilement.
Tout à coup,
le *perrito* paraît bien grand.

Le temps ne s'écoule plus.
Il vole.
Chaque moment est à lui,
il n'y a pas de lien,
il n'y a même pas d'heures,
il n'y a que l'air
qui chasse la sueur.
Il n'y a que la vague,
les rochers évités,
les sourires échangés.
Il n'y a que la chaleur de la terre,
la fatigue de midi,
et le bruit du ventilateur
au-dessus de mon lit.

Camila et ses frères
dévalent la rue
à bicyclette,
en camionnette,
sur des planches à roulettes.
Ils tombent ils crient ils pleurent
et recommencent.
Il n'y a pas d'yeux ni maître
et les leçons sont brèves.
Elles blessent et laissent
des croûtes sur les genoux.
Sur ce chemin-là,
l'apprentissage ne pardonne pas.
L'école est à deux rues
mais il n'y mène pas.

Au pays de l'oralité,
les mots sont multiples,
infinis et brouillés.
La subtilité
réside dans la clarté
que l'on y met.

Sur la grande terrasse
où l'air est frais,
l'encre de ma plume a séché.
Un bruit assourdissant a résonné.
Un palmier est tombé.
Nous nous sommes empiffrés
de noix de coco pour le goûter.

Fernando
chante sur la plage de Zicatela,
on l'écoute
les pieds dans le sable.
Sa guitare à la main
il fait le tour des tables
avant d'entonner
mon air préféré.
« *Ay pero quiereme*
Solo basta una sonrisa
Para hacerte tres regalos :
Son el cielo, la luna y el mar. »
Il s'attarde parfois
avec une ou deux blagues,
en riant il repart.
Il n'y a plus que nous,
« *el cielo, la luna y el mar* ».

Il y a des phrases
que l'on apprend plus facilement.
Des phrases que l'on répète
tous les jours
sans s'en apercevoir.
Il y a des choses qui surgissent
d'endroits qu'on ne comprend
jamais vraiment.

Ce soir-là,
José, Polo et moi,
nous attardons chez *Chicama*.
1, 2, 3,
1, 2, 3,
la soirée s'anime
au rythme de la *cumbia*,
d'un peu de *bachata*.
1, 2, 3,
1, 2, 3,
les verres s'empilent
sur la table en bois
et l'addition annonce
17 *margaritas*.

Dans la maison il ne reste
que l'odeur de transpiration
et des lendemains de fête.
Tout le monde est parti,
et on entend parler
d'un virus qui sévit.

Au bout du monde
les âmes perdues
se retrouvent
dans les vapeurs
d'ailleurs et de fumée.
Au bout du monde
les âmes errantes
redessinent les contours
de leur identité.

Leur paradis
a un goût âpre,
il est tiède,
refroidi.
Car le paradis
n'est pas une destination
qui s'achète
comme un billet d'avion.

Devant l'impossibilité de se fuir
il y a les habitudes
qui nous rassurent,
et il y a l'inconnu obscur
qui nous torture
car on ne peut pas
s'y reconnaître.

Première pluie.
Finalement
le ciel se couvre,
même au paradis.

J'erre parfois dans la maison
en attendant que des fantômes
prononcent mon nom.
On sous-estime l'importance
des traces de vie que laissent
les gens que nous aimons.

Un chemin m'a menée
jusqu'à une grande croix
avec vue sur La Punta.
Ce soir-là,
un visage familier
a eu la même idée que moi.
Ensemble et silencieux,
nous assistons à un coucher de soleil
exceptionnel et hasardeux.

Pourquoi attendre
avant de s'embrasser
quand on en a envie ?
Pour lui, l'amour n'est soumis
à aucun critère,
il n'y a pas de prérequis.
Ne pas se connaître
n'est pas une barrière
et sur la *playa* Bacocho
il fait beau.

Au mirador
El sueño posible,
il coupe une *coco*.
Quel est ce drôle de son
qui interrompt
notre contemplation ?
Ma noix de coco
s'est renversée
dans le crépuscule sucré.

Il faut parfois savoir
se retirer du monde
pour s'en rapprocher,
dans le silence l'écouter.

Mon stylo vient de tomber,
la chaise se met à grelotter,
il n'y a plus d'électricité.
La terre gronde,
fort et longtemps,
comme quand on veut parler
et que personne n'entend.

Le rivage

« La face de la Terre ne se manifestait pas. Seuls étaient la mer calme et le ciel dans son extension. »

Popol Vuh

Sur la grande ligne droite
qui mène au nord,
la pluie a nourri la terre,
tout est vert.
À gauche,
un chemin blanc,
des marécages d'eau rouge,
des champs,
des vaches,
des virages
et de la poussière.
Nous arrivons à la maison.
El Origen,
c'est son nom.

« Il n'y a rien.
Là-bas,
il n'y a rien. »
Pourtant
il y a tout.
Quelques *cocos*,
du poisson frais,
du vent,
du temps
et des baisers.

Dans cette maison au bord de l'océan,
nous essayons d'être ensemble.
Nous essayons d'être heureux.
Parfois il pleut
sur cette plage au bout du monde.
Que s'y passe-t-il
d'ailleurs,
pendant qu'il renaît ?
Sous la *palapa*,
deux salamandres se courent après.

Sur la grande étendue de sable,
une rangée de palmiers,
ceux qui se courbent face à la mer
ceux qu'on effleure
sur le papier glacé
des brochures publicitaires.

Il va pêcher
avec une corde enroulée
autour d'un morceau de bois
et un hameçon.
Mais les vagues
ne laissent s'approcher
aucun poisson.
À la place,
il regarde l'océan.

Quand le soleil
taquine
la montagne
et dévoile
ses pieds verts,
résonne alors
la vibration mystique
des origines.

Dans le *pueblo*
à quelques kilomètres,
on trouve quelques supérettes
ouvertes.
Un homme avec un jean
trop serré,
ceinture, bottes et *sombrero* dorés
sort d'un pick-up
et entre pour acheter
des allumettes.
Il est grand,
visage fermé,
et en sortant
il se met à chanter
un air de fête
pour midinettes.

J'ai toujours fait les choses
avec rapidité
pensant qu'il s'agissait d'une qualité.
On n'entend jamais
quelqu'un se vanter
d'être lent.
Pourtant c'est bien ainsi
que je fais les choses
plus naturellement.

« Les tortues vont sortir.
a-t-il affirmé.
Parce qu'il y a du vent. »
Une addition de
simples phénomènes
nous mène parfois
vers un tout complexe
que l'on perçoit
avec une telle clarté
qu'il devient évident
de le synthétiser ainsi.
« Parce qu'il y a du vent. »

Il sait quand il pleuvra,
quand sortiront les *chicatanas*.
La nature est mots,
les éléments verbes,
et ses phrases
ne s'apprennent
pas dans les livres.

Le temps prend une forme
compacte et harmonieuse,
plus rien n'est linéaire.
On ne sait pas
ce que veut dire l'instant présent
avant d'avoir suivi
un bernard-l'hermite
le long de l'océan.

Le palmier,
symbole de l'imaginaire tropical,
est bien plus qu'une image d'Épinal.
Il protège, il nourrit et il soigne.
La nature est généreuse
quand elle est heureuse.

Quand les premiers rayons
s'invitent dans la chambre
et forment sur le mur
un grand rectangle blanc,
le jour peut commencer.

Il fait partie
de ces gens
pour qui l'identité
n'est pas à questionner.
Elle est parfaitement nette.
Ce qui importe n'est pas
de trouver
qui l'on est,
mais de chercher
qui l'on veut être.

Mexique,
pays schizophrénique
qui aimerait appartenir
à son temps,
tout en le refusant
catégoriquement.

Quand on regarde le monde de loin
et soi de près,
le temps mène à des places obscures
qu'on a cachées
en espérant ne jamais les retrouver.

Le silence
est toujours amplifié
lorsqu'il est partagé.

Sur la plage ce matin,
j'entends les oiseaux
et ce mot
résonne
dans ma tête.
On n'en prononce aucune lettre.
La complexité,
ce savoir-faire français.

Il faut s'entraîner
à voir se révéler
la beauté
de tout ce qui est.

Je pense à certains
grands rassemblements
et je me demande
pourquoi les gens
veulent être ensemble
sans vouloir l'être vraiment.

Quand les nuages
viennent voiler
le ciel
et le sable,
la plage est pleine
de petits crabes
qui grouillent.
On les observe en jouant.
Il m'offre la plus belle chose
qu'on puisse partager.
Du temps.

Dans la supérette,
une télé passe un film d'action
dont la brutalité me surprend.
Pour lui, il n'y a pas à sursauter,
tout ce qui passe à la télévision
n'est qu'une illusion.

Il est allongé
depuis des heures
dans le hamac.
Son doigt suit
les mots d'Octavio Paz.
Le Labyrinthe de la solitude
n'était pas égaré.
Il a simplement choisi
un lecteur plus passionné.

J'ai vécu
dans un monde de
superlatifs.
Il est temps d'apaiser
la bête qui souhaite
tout dévorer
et me soigner
de l'occidentalité.

Contrairement
à ce que j'ai toujours pensé,
l'amour de soi ne précède pas
l'amour des autres.
Ils sont imbriqués.

Au Mexique,
les surnoms sont des fruits.
Tu es *fresa*
si tu as des manières de
bourgeois,
tu es *mango*
si tu es beau.
Il y en a pour tous les goûts,
acides, amers et doux.

Je porte en moi
les stigmates d'une vie
et des réflexes
qui ne m'appartiennent pas,
mais qui s'enfuient
dans tes bras.

Les après-midi s'écoulent ainsi.
Sous la *palapa*
résonne le silence
de nos corps entrelacés.

Le temps
m'apparut alors
comme il aurait
toujours dû être.
Une succession
de moments suspendus
qui s'étirent indéfiniment.

Chaque fois que mon esprit
s'en va explorer
le futur, le passé,
la nature me reprend
dans l'instant présent.
Un moustique me pique,
une araignée
chatouille mon poignet.

Le temps n'a pas de vitesse
établie
et il nous appartient
si nous le façonnons
avec délicatesse.

Mexique,
où l'amour
panse les plaies
des traumatismes passés.
Où tout a repoussé
sur le sang versé.
Où un peuple blessé
se cherche dans la gaieté.
Les plaies se pansent
quand la douceur vient,
mais la peur danse
dans le lointain.
Qu'est-ce qu'un pays
si ce n'est quelque chose
qui nous ressemble ?

J'essaie d'appréhender
ce qui se laisse aller en moi
et que je ne connais pas.

Nous allons marcher
et rencontrons
des terrains débroussaillés,
fractionnés,
ils ne sont plus vacants,
prêts à accueillir
le début d'un autre temps.

Je pense parfois aux milliers
de grains de sable,
à l'immense diversité
d'espèces,
aux cellules
que nous créons chaque jour.
et ma tête se met à tourner.

Aujourd'hui
je me souviens des
feuilles d'automne rousses
sur lesquelles on glisse
parfois,
ainsi que l'odeur
de la terre après la pluie.
Au paradis,
elle n'en a pas.
Pour la trouver,
il faut aller
là où poussent les fleurs.

La terre

« Le monde terrestre, avec toutes ses imperfections et toutes ses injustices, avec sa splendeur et ses passions, était l'image momentanée de l'éternité. »

J.M.G. Le Clézio, *Le Rêve mexicain*

Il n'y a rien de plus enivrant
qu'un paysage nouveau qui défile,
avec un album préféré,
un mauvais déjeuner
et quelques secrets.
Prendre la route ensemble,
c'est fonder une famille.

De gros rochers jonchent le sol
ainsi que des centaines
de cailloux.
En France on a pour habitude
de les retenir par des filets.
Ici on laisse ce qui doit l'être
s'écrouler.

Les chiens sont rois,
ils s'allongent et s'assoient
au milieu de la route,
la traversent tranquillement
tandis que les voitures
pilent brusquement.
Toutes sortes d'arbres inconnus,
gigantesques,
laissent tomber quelques lianes,
si bien qu'on a le réflexe
de baisser la tête.
Des rais de lumière
se frayent un chemin
à travers ce toit vert.
Je reconnais
quelques bambous,
des bananiers.
Sur le bord de la route,
la densité de l'herbe
fraîchement coupée
m'émeut.
Comme tous ceux
qui ont trop longtemps navigué.

Dans un virage quelque part avant
San Miguel Suchixtepec,
une petite cabane peinte de bleu
sur laquelle un écriteau en bois
indique *Comedor Esmeralda.*
C'est là.
Devant un parterre de fleurs
trop bien arrangé,
quelques tables
joliment dressées.
Le *comal* dans le fond
fume
et tout autour des fleurs suspendues
dans des pots en plastique
transformés en animaux sympathiques.

Sur la toile cirée
jaune orangé
fume le thé
de *guayaba*.
Quelque part,
une jeune femme
se réveille
avec ce goût sucré
et les souvenirs d'un fruit
au fond d'une tasse.

Dans le chalet
le tic-tac de l'horloge est muet.
Je me demande
depuis combien de lunes
il est deux heures une
dans ce virage
en lacet.

Le ruisseau
murmure des secrets
entre les rochers.
Le silence de la forêt
a toujours une histoire à raconter.

J'avais oublié
la chaleur du thé
brûlant
qui attend
sur la table de chevet,
la douceur des matins frais
et le pied
qui timidement
se pose
sur le plancher glacé.

Dans les dédales
d'allées
du marché
d'Ocotlán de Morelos,
des femmes vendent
des *chapulines*,
ces criquets grillés
très appréciés.
Je leur ai préféré
une *sopa de guías*
sur un banc de
La Cocina de Frida.

Au bout de la route
un village,
au bout du village
un chemin,
au bout du chemin
une chapelle peinte de bleu,
et derrière elle
un cabanon pour deux.

Les maisons de campagne
sont imprégnées
des histoires
que l'on conte
du matin jusqu'au soir.
Celle d'un plat
qui mijote,
d'un feu de bois
qui crépite
au rythme de la cocotte,
d'un sol fraîchement lavé,
d'un peu d'humidité.
Et tout ça à la fois.

Le soleil de onze heures
s'efface derrière les nuages.
Dans le champ d'en face,
les feuilles de maïs
se balancent.
Au loin on entend un âne,
les montagnes
veillent
et les criquets
nous regardent nous installer.

Dans un labyrinthe de rues sans fin,
au fond du terrain vague
une *casita* de ciment.
Il faut savoir ce qui s'y trouve
pour entrer.
Une jeune femme coupe du bois,
une autre aplatit les *tortillas*,
et la dernière,
plus âgée,
les fait voler
sur le *comal.*
La fumée
s'échappe
sous le grand pamplemoussier.

El Camino a palma
est un long chemin de terre
accidenté
et ses maisons sont faites
de tôle rouillée
et de briques de terre séchée.

Tôt le matin,
tout le monde est prêt
pour voir le soleil se lever.
Les oiseaux pépient
et le vent fait vaciller
tous les épis.
La nature s'impatiente
et sur le toit de la maison
bien emmitouflés,
on peut voir
la lumière rose
inonder la vallée.

Le chemin qui mène
dans les montagnes
immobiles
l'est également.
Quand les vents changeants
nous remuent violemment,
il faut parfois troquer
le reflux de l'océan
pour la stabilité
des promenades
à pied.

À trois heures de marche
plus haut dans les montagnes
vit une communauté
indigène.
Nous croisons
quelques hommes
à dos d'âne
remontant du bois,
suivis d'une horde de chiens
qui aboient.

Une eau pétillante,
le bruit du frigo
et le rideau
qui se balance.
Balai, savon et serpillière,
un torchon sur une chaise,
le vent fait sécher le sol
et claquer la porte.

En fin d'après-midi,
il pleut.
Une pluie dense et lourde
tombe à grosses gouttes
et rafraîchit
la terre.
Le ciel se couvre
et le lourd clapotis
résonne sur le toit.
À l'intérieur,
l'odeur du chocolat
chaud et une image.
Le peuple des montagnes
est dans les nuages.

Un *sombrero* dépasse
du champ de maïs.
Deux taureaux noirs
attendent patiemment.
À quelques pas,
un homme agite une machette
et une femme chante
en traversant le champ
aidée d'un bâton de bois.
Le vent fait tinter la
maison de tôle
d'où s'échappe une odeur
de *tortilla*.
L'homme à la machette
s'allonge sous un arbre.
Une brise fraîche arrive des montagnes.
Tout à l'heure viendra la pluie.

Le soleil se couche sur les herbes roses
et le vent les fait danser
autour des agaves.
Pendant un instant
tout s'illumine
et les tiges
chatouillent mes pieds.

Il y a des lieux
probablement
connectés entre eux,
des endroits
où l'on se trouve
en même temps que d'autres.
Au pied des montagnes,
j'ai souvent l'impression
d'être dans le village de ma mère.
Ou peut-être est-ce l'inverse ?

L'homme au *sombrero*
siffle
une symphonie
de chants d'oiseaux
dans son champ de maïs.
Le monde est à l'arrêt,
qu'est-ce que cela
peut bien vouloir dire
pour cet homme dans ce champ
où rien n'a changé ?

Une grand-mère
vêtue d'un *huipil*
danse avec sa petite-fille
pieds nus sur la terre.

Des briques rouges,
des portes jaunes,
des murs verts.
Dans la *tienda*
traditionnelle,
on nous sert
derrière le comptoir
de bois.
Quelle est cette boule rouge,
chevelue ?
« *Rambután.* »

Sur le bord du chemin,
la grand-mère
fait des signes de la main.
Sa peau noire contraste
avec ses cheveux blancs
tirés en arrière en une longue tresse.
Elle porte un petit panier
et un immense bouquet
de tournesols qui la dépasse.
Sur sa robe violette,
un châle noir
encombrant.
Les moto-taxis sont toutes pleines.
Elle marche depuis des heures
sous la chaleur,
aidée d'un déambulateur.

Dans les rues désertes de Santa María del Tule
quelques passants se pressent
aux abords de la place où il est interdit d'entrer.
L'arbre au tronc gigantesque
et son touffu houppier
sont à nouveau
des végétaux
et plus une curiosité.

Une couverture colorée
au pied du *guamúchil*
sur laquelle se reposent
les mots de Nellie Bly.
Le petit goyavier
a déjà quelques fruits.
Les mouches
font un festin de ma peau.
Au loin, des brebis.

L'aube d'un nouveau monde se dessine
tandis que les animaux
continuent de vivre
comme si ça ne les regardait pas.

Araignée qui tisse les rêves
des hommes
sur sa toile
dont elle pince les fils
et fait vibrer tout l'univers.

Sur la table en bois,
une souris avec des oreilles de lapin
me dévisage.
Elle paraît tout droit sortie
d'un cahier de coloriages.
En réalité,
c'est dans les rêves de Pedro Linares López
que ces créatures sont nées.
Dans ses visions,
un âne avec des ailes de papillon,
un coq avec des cornes de taureau,
un lion avec une tête d'aigle
criaient : « *Alebrijes, Alebrijes !* »
Les rêves sont des chemins,
des passerelles.
On dirait que la souris-lapin
a bougé ses oreilles.

On ne s'est jamais
perdu
avant d'avoir
essayé de trouver
son chemin
dans les allées du marché
d'Oaxaca.
Cela permet de savourer
quelques *tamales*
et un *pan de yema*.
Après ce brouhaha,
les rues léchées
les plus visitées
paraissent
bien trop distinguées.

Qu'y a-t-il
au-delà des murs colorés
de la ville ?
Des maisons
de carton
sans eau ni électricité
accrochées à la montagne,
prêtes à s'envoler.

Nous voilà
tout en haut
de la montagne sacrée.
Monte Albán
ne nous laisse pas entrer,
mais on distingue
quelques pyramides
et les montagnes
oaxaqueniennes
qui n'ont pas de fin.

J'étais loin de soupçonner
l'existence
de tous ces peuples
et de leurs chemins croisés
à travers trois époques.
Ici nous sommes en terre zapotèque,
à ne pas confondre
avec les Aztèques,
les Olmèques,
les Toltèques
ou les Mayas.

S'asseoir à la table
de la cuisine,
éplucher des légumes.
Laisser la porte ouverte,
laisser entrer l'air frais et ensoleillé.
Voir les nuages descendre
et orner les montagnes
de colliers.

Dans un village
au nom aussi long
qu'envoûtant,
la voiture attend
au bout du chemin.
La vue sur la vallée
ne ressemble à rien
de ce que je connais.
Un arbre se dresse,
on dirait un palmier
mais ça n'en est pas un
et sur la montagne
il y a des cactus
et non des sapins.

Il n'y a rien à dire
sur la Sierra Juárez.
Il faut la ressentir,
voir ses villages perchés,
ses cascades couler,
ses montagnes vibrer.
Il faut se trouver là,
muet,
ou murmurer seulement,
que l'origine du monde
s'y trouve possiblement.

J'aime le soir
ses odeurs
ses couleurs
son soulagement.
Le soir arrive
pour nous rappeler
l'éternel recommencement.

L'eau sacrée

« Les Géniteurs étaient dans l'eau, entourés de clarté, cachés sous des plumes vertes et bleues. »

Popol Vuh

C’est avec un regard innocent
qu’on entre
dans un nouveau
et très ancien monde.

Sur cette terre qui s'étend
jusqu'au Honduras
en passant par le Guatemala
se mêlent héritage mythologique
et croyances romantiques.

Un peuple méconnu
et en réalité multiple
préserve ses vérités
derrière une apparente complexité.

Un miracle est apparu sur terre :
dz'onot ou *cenote*.
Après l'effondrement
de la roche calcaire,
l'eau claire
et naturellement filtrée
s'est matérialisée
dans l'obscurité.

Dans la péninsule du Yucatán,
autour de ces portes d'entrée
vers le monde de *Xibalba*
seront érigées
les cités mayas.

Sur le site déserté de Chichén Itzá,
le soleil inonde
l'immense pyramide-calendrier.
Derrière les pierres
aux chiffres sacrés
se cache le silence
des voix qui les ont sculptées.

Le *cenote* sacré
est un immense trou à ciel ouvert
dans lequel vivent les dieux
et quelques micro-organismes
lui donnant ce teint vert.
Ici, on rend hommage à Chaac,
dieu de la pluie,
en lui offrant du jade,
du cuivre et de la vannerie,
et parfois même, la vie.

Sur le terrain du jeu de pelote,
les sons rebondissent sur les parois
comme autrefois
la balle en caoutchouc des Itzá.
Il faut fermer les yeux,
imaginer la scène
de ce jeu qui n'en est pas un,
et voir s'affronter
les jaguars et les aigles
dans une lutte sans fin,
la liqueur de *báalche'*
les faisant bondir et voler.
Une fin, il y en a bien une
pour le capitaine triomphant
offrant son sang
pour donner richesse et fertilité
aux champs.

El arbol de Alamo
est le gardien des puits sacrés.
À Cuzama,
on suit les racines
de ce peuplier,
pieds nus
le long d'une échelle rouillée
pour admirer
l'eau claire et profonde
qui se repose depuis des mois
dans cette cavité sombre.

On ne plonge pas.
On nage doucement, intimidé.
Les chauves-souris s'envolent
et nous frôlent
tandis que le goutte-à-goutte des stalactites
entonne un chant cosmique.
J'entends battre le cœur de la Terre.
Qu'y a-t-il à la surface, brûlée par le soleil ?

Dans le Popol Vuh ont survécu
les jumeaux impertinents
Ixbalanque et Hunahpu.
Ils traversèrent les rivières de sang
pour se rendre dans l'inframonde
et défaire les seigneurs immondes.
Les jumeaux victorieux
s'élevèrent dans les cieux
et devinrent le Soleil et la Lune.
Ainsi commença un nouveau temps,
celui des hommes,
conçus à partir d'épis jaunes et blancs.

À Izamal tout s'est mélangé
et seules demeurent
les couleurs des premiers temps.
Même l'encombrant couvent
revêt le jaune et le blanc
d'un dieu précédent.

À l'aube,
le temple des Sept Poupées
s'illumine,
ainsi que les eaux cristallines
et les nénuphars à peine réveillés
du *cenote* Xlakáh,
qui signifie
vieille ville.
Sans doute Dzibilchaltún
en était une,
même fraîchement érigée.
Il faut marcher
sur les *sacbés*,
s'asseoir à l'ombre des arbres,
macan ché,
et quitter un instant
le monde des vivants
pour rejoindre un royaume
englouti par le temps.

Sur l'île des Femmes
les légendes fondent
et se confondent
sous le soleil brûlant des Caraïbes.
Ce ne sont plus les canots de chêne
mais les catamarans
qui voguent sur les eaux turquoise.
Que vient-on chercher désormais ?
Sans doute pas les trésors
des pirates aventureux
ni la fertilité accordée
par la déesse des lieux.
Pourtant on vient plonger
dans ces eaux, ignorant,
pour finalement se laisser envelopper
par les bras arc-en-ciel d'Ixchel.
Et si ce n'est pas celui de Jean Lafitte,
un trésor attend chacun de nous
sous le sable blanc.

Perché sur la falaise,
dominant la mer,
le temple du vent se tient là, discret,
riche de tous les âges qu'il a traversés.
Celui des premiers échanges
sur la plage à ses pieds,
des formes inconnues
qui percèrent l'horizon
sans jamais débarquer,
des visages blancs
venus le dessiner,
des Mayas résistants
venus se réfugier,
jusqu'à celui des touristes émerveillés.
Et toujours le vent s'engouffre
et siffle dans son enceinte circulaire,
derrière les murs fortifiés
de Tulum la spectaculaire.

Sur la *playa* Maya,
les *lanchas* flottent au bord de l'eau,
remuées par les flots.
Le soleil fait danser la mer
et les nuages traversent le ciel
pour annoncer les prophéties.

Au feu rouge,
de jeunes adolescents vêtus de plumes
dansent,
mimant une sorte de transe.
Pourquoi mettre des couleurs
sur ce qui n'en a pas ?

La lumière perce à travers les arbres
qui connectent les mondes
pour s'étendre
sur *el Palacio Rosa.*
Et si ce n'est pas la manifestation
des dieux anciens,
peut-être est-ce l'âme des Mayas
qui éclaire l'intimidant sanctuaire
de Muyil,
là où les arbres poussent
à travers les pierres
recouvertes de mousse.

Les arbres sont sacrés
dans le cœur des Mayas.
Le toxique *Chechén*
et son antidote le *Chacah*
incarnent la complémentarité
et l'équilibre dans la nature
où il ne faut rien toucher
à moins de savoir la déchiffrer.

Ici s'arrête la canopée.
Nous arrivons
« là où le ciel est né ».
Quatre cent mille hectares de terre,
de mer, de lagune et de forêts,
où vivent paisiblement
crocodiles, lamantins,
aigles marins,
barracudas et raies.
On marche en silence
sur les planches de bois
qui brûlent les pieds.
On voudrait se perdre
dans la réserve de Sian Ka'an.
Retourner à l'état sauvage
et tout recommencer.
Protéger la terre
et la laisser nous protéger,
en se recouvrant d'elle.
Se laisser porter
par les courants des canaux
et errer là où le bleu déploie ses ailes.

Dans le silence des ruines de Coba,
le vent fait frémir les feuilles
et réveille doucement les voix
d'autrefois.
En suivant ce papillon bleu
qui nous tourne autour,
nous croisons des promeneurs,
vêtus comme des explorateurs,
qui disparaissent dans la chaleur moite
de la jungle.
Des toiles d'araignée se sont déposées
sur ma casquette,
et l'espace d'un instant,
je me demande où nous étions vraiment.

La grande plateforme en bois
du *cenote* de Multum-Ha
est noyée sous l'eau.
L'ouragan Delta
a fait monter le niveau,
et la fin des temps n'est pas arrivée.
Le vent a balayé
quelques doutes
et quelques vérités.
Mais une certitude est restée.
Au milieu de l'enfer
toujours réside la paix.

La lagune de Bacalar
change de couleur
en même temps que d'humeur,
comme la labradorite
suspendue au-dessus de mon cœur.
Une libellule se pose sur mon doigt
pour observer
ce morceau de lagune
dans ce petit éclat.

Sur le bord de la route
attendent les piments jalapeño,
et sous l'épaisse forêt tropicale
se cache Hormiguero.
Après un long chemin isolé
dans la jungle dense,
l'humidité et le silence
s'emparent de nous.
Et la voilà.
L'imposante mâchoire de *Xibalba*.

À Balamku,
les jaguars se mêlent
aux crapauds, crocodiles
et reptiles.
Sur la frise de l'univers,
les entrailles de la Terre
enfantent les rois
au cours des cycles solaires.
À mesure que le soleil se lève
et se couche
les rois se succèdent
et sortent de la bouche
de l'enfer.

Des ruines naissent parfois
les fantasmes de peuples
qui n'existent pas.

Se perdre
dans les profondeurs de la jungle,
dans les profondeurs de la terre,
et revenir plus vieux,
plus sage,
comme d'un très long voyage.
Envoûté.
Engourdi.
Étourdi.

Les arbres sacrés tombèrent,
l'eau envahit les sols,
et les rois s'écroulèrent.
Les ressources s'épuisèrent,
et prospérèrent épidémies
et guerres.
Et comme les Mayas le prédirent,
les cycles
se répétèrent.

Sur l'autoroute
il y a des *retornos*
partout,
ce qui signifie que quelle que soit
la route dans laquelle on s'engage,
on peut toujours faire demi-tour.

Il faudrait,
comme les archéologues
ne jamais chercher à réparer
ce qui a été cassé
mais tenter de comprendre
à travers ce qui est resté inaltéré,
malgré le temps
les cyclones
et les années.

L'Empire maya
homogène,
laborieux,
pacifique,
est une illusion.
Tout comme sa
perfection.

Et les Espagnols arrivèrent,
avec leurs fusils et leurs bibles.
Les rois et les dieux
s'enchaînent et disparaissent
et toujours les peuples survivent et renaissent.

Dans les rues de Campeche,
la chaleur paralyse
et sous les pavés,
la terre ne peut pas respirer.

¡ Viva México !
El Grito résonne
et rappelle celui du curé
Miguel Hidalgo.
Le cri
d'une guerre qui enfanta
un pays.

La porte de la terre
fait face à la porte de la mer.
D'un bout à l'autre
des fortifications,
les canons
protègent la ville
des pirates.
Il y a 100 millions d'années,
le Mexique n'existait pas.
Au fort San José,
des iguanes dorment dans les fossés.

Pour les Mayas,
le sang versé a nourri la terre
et pour les Espagnols
l'obsession de la posséder.

L'eau miraculeuse et sacrée
s'achète désormais
dans des bouteilles de vingt litres
en plastique
non recyclé.

La source

« Là comme ailleurs, la culture indigène recherche ses racines et parfois les trouve, ou les réinvente. »

Jean-Claude Carrière,
Dictionnaire amoureux du Mexique

Sur la route,
de fragiles ficelles
en guise de barrière.
Des enfants nous font payer
des taxes imaginaires.
Voici les frontières
d'une terre
ni vraiment indigène,
ni vraiment mexicaine.

Magique, profond,
sauvage,
sombre et lumineux,
voici que s'élève
devant nos yeux
le mystérieux
Chiapas.

Ici l'espagnol
laisse place
au tzeltal et au chol.
Ici vivent
douze des soixante-deux
peuples indiens
officiellement reconnus
dans le pays.

Sous la pluie battante,
le vert de la jungle de Palenque
n'a pas la même couleur.
Lakan Ha en est le nom maya.
Ciudad de muchas aguas.
Au milieu des éléments,
on entend un toucan.

L'homme qui a découvert Palenque
cherchait des arbres pour les vendre.
Ceux-là mêmes qui des siècles auparavant
furent détruits pour les champs.
Le vent s'engouffra alors
dans les fenêtres
et les Mayas reconnurent
dans ces sons effrayants
l'alarme des mauvais temps.

L'or n'était pas une obsession
chez les Mayas,
contrairement aux Aztèques.
C'est l'obsidienne,
noire, solide, magique
qui régnait en maître.

L'arbre *Ceiba* est l'axe
qui relie les trois mondes :
souterrain, terrestre et céleste.
Il est l'union du bas et du haut.
Il nous rappelle
que nous devons quitter
les ténèbres
pour nous élever
vers la lumière.
Et que tout ne fait qu'un,
et que tout se rejoint
dans l'arbre du monde.

Dans cette grande et puissante cité,
on déformait la tête des enfants
entre deux planches de bois
pour qu'elle prenne la forme d'épis
et montrer ainsi que les Mayas
descendent du dieu maïs.
Quand l'homme oublie ses origines,
il invente toutes sortes d'artifices
dans une quête insensée et factice.

L'homme est fait de maïs,
il en porte en lui l'essence
et non la forme.
Il est fruit de la terre,
il est lié à elle
et ne peut l'exploiter
au risque de causer
de graves préjudices.

Sous la pluie nous quittons Palenque,
et je pense à toutes les structures
et toutes les vérités
encore recouvertes
par la jungle.
Dans les virages,
la brume nous avale
et nous disparaissons
dans un autre monde.

La route à travers les montagnes
est longue et sinueuse.
Parfois j'ai l'impression de voir
des formes bouger
derrière les plants de café.
On raconte qu'ici vivent les *aluxes* :
les elfes gardiens de la forêt.
Petits, farceurs
mais vengeurs
si l'on maltraite leur maître.
Un arbre tombe
et ils prennent un être.

À Misol Ha,
la cascade s'effondre
en un vacarme incessant.
La brume se répand
et l'eau, tour à tour
forte, puissante,
sauvage, tranquille,
poursuit sa chevauchée
de la terre jusqu'au ciel
dans un cycle éternel.

Ouvrir les yeux,
sentir le riz moulu,
les amandes,
la vanille,
la cannelle.
On prépare une
horchata.
Les épices sont
un chauffage naturel
quand il fait froid.
Les fenêtres sont embuées.
Dehors, la brume électrique du Chiapas
et dedans, celle des œufs grillés.

À San Cristóbal de Las Casas,
les montagnes surgissent
à chaque coin de rue.
Et le vent murmure
Descansa,
deja el mundo correr.

Dans la rue se mêlent les voitures,
les tricycles,
les femmes vêtues de laine,
quelques touristes en short,
et les montagnes veillent.

Dans les virages,
des maisons de tôle isolées,
et sur le bord de la route,
une fête foraine abandonnée.
Dans la brume lourde,
derrière la grande roue,
se dressent les croix
du cimetière El Romerillo.

Nous montons,
guidés par les pétales de *cempasuchil*
qui tapissent les allées.
Près des fleurs,
le pain des morts,
spongieux, sucré,
et tous les mets
que les défunts appréciaient.
Je me fraye un chemin entre les tombes
jusqu'aux grandes croix bleues.
Il y en a vingt-deux.
L'espace d'un instant
j'ai quitté ce monde
et dansé avec les morts.

Le soleil pointe enfin
le bout de son nez.
On ouvre les maisons,
on met le linge à sécher.
Quand il fait beau
vient le désir de monter,
de se rapprocher du soleil
et le laisser nous réchauffer.
De le voir envelopper
San Cristóbal
qui s'étend dans la vallée.

De San Juan Chamula
on dit beaucoup de choses,
mais on ne sait rien
tant qu'on n'a pas
soi-même posé le pied
dans ce village perché.
Tant qu'on n'est pas entré
dans son église
où il n'y a pas de banc,
seulement le sol recouvert d'épines.
Tant qu'on n'a pas contemplé
les croix recouvertes d'un tissu blanc
où sont brodées des fleurs
de toutes les couleurs.

Ici on réapprend à regarder
car pour les Tzotzils,
une part de l'âme est volée
dans chaque cliché.
J'entends les femmes chuchoter
des prières
assises par terre,
les hommes jouer de la musique,
les coqs crier,
la fumée des bougies m'étourdit
tandis que l'odeur de pin m'envahit.

En face de l'église,
un marché,
des jupes en laine,
des plantes et des poupées.
Des enfants qui ont faim,
des hommes attablés,
bières à la main.
Il est dix heures du matin,
certains déambulent,
déjà saouls.
Des poulets cuisent sur le feu,
des femmes sortent des gâteaux
de leurs paniers.
On entend la musique à fond
qui sort des maisons.
C'est dimanche.

Voici une terre de mélange,
de contrastes
et de contradictions.
Ici, on trouve du coca
dans les pharmacies.

Le prêtre des collines
prie les anges et les esprits.
Il prie la terre et la pluie.
Il demande pardon
pour les dommages causés.
Depuis des centaines d'années
les Mayas tzotzils et tzeltals
ont créé une médecine
naturelle et globale
en harmonie avec
leurs forêts,
leurs façons de vivre
et de penser.
Bientôt, les voix de ces peuples
vont s'élever,
et nous devrons les écouter.

À Chiapa de Corzo
nous embarquons
direction le canyon de Sumidero.
À travers des murs de calcaire
presque verticaux
de plus de neuf cents mètres de haut.
Dans ces reliefs accidentés,
des indigènes se sont jetés
depuis la plus haute falaise,
pour tenter d'échapper
aux Espagnols.
Dans ce lieu entaché
par la mort et les déchets,
les esprits hantés
vivent dans les crocodiles,
les oiseaux et les singes-araignées.

L'ambre est riche
dans les sols du Chiapas.
La résine a résisté aux éléments
et s'est offerte aux hommes
comme ornement,
pour les cultes ou les rites funéraires.
L'ambre protège du mauvais œil
ou des nausées,
les forces du mal sont attirées
et capturées en lui.
Dans cette résine millénaire.

Dans cette ville d'après lui nommée,
le prêtre Bartolomé
se consacra à la « vraie paix »,
celle de l'autonomie
et de l'égalité.
Ainsi fut sa destinée
tout comme celle
d'Emiliano Zapata
et d'Ana Maria.

Le parc national des lacs de Montebello
en abrite cinquante-neuf.
Ces anciens *cenotes*
sont tous reliés
les uns aux autres.
Dans la petite barque en bois
sur le lac Pojoj,
nous ramons
sur de l'émeraude,
du turquoise
de l'indigo.
Et je me demande
quel phénomène
mystique
et non géologique
relie tous ces plans d'eaux.

Au musée Na Bolom
Gertrude Duby
et Frans Blom
nous ont transmis
leur amour de l'ethnie
des Lacandons.
Derrière les murs,
le fruit de leurs recherches,
le combat de leurs vies :
la préservation de leur maison :
l'ultime jungle tropicale.
Et c'est peut-être leur dieu
Hachakyum
qui s'exprima ainsi
dans les mots de Gertrude Duby :
« Je suis désespérée,
mais je plante des arbres. »

Vingt-neuf langues mayas
sont encore vivantes,
tout comme les peuples qui les parlent.
Les Mayas n'ont pas disparu.
Ce sont leurs cités,
leurs élites
et tout le superflu.
Eux sont retournés dans les forêts
et tentent depuis de se réinventer.
Ils sont huit millions
à faire vivre leurs traditions.

Quand la mémoire des peuples
commence à disparaître,
il faut écrire et transmettre
les traditions orales.
Car avec le temps
elles deviennent légendes,
et toujours les légendes survivent au temps.

Le paradis retrouvé

« Et l'on marche de l'équinoxe au solstice,
bouclant soi-même son humanité. »
Antonin Artaud, *Les Tarahumaras*

Une année s'est envolée
et je me souviens
de toutes les maisons jaunes
dans lesquelles j'ai habité,
de tous les marchés,
de toutes les voix que j'ai écoutées,
tandis que je fais la paix
sur un territoire
qui ne la connaît
pas encore.

Je veux dédier ma vie
à la contemplation
et m'appliquer
à rendre joyeux
tout moment
comme on le fait
pour les enfants.
C'est ainsi
que la clameur du monde étouffant
cesse
et que surgissent
les voix de nos ancêtres.

Il y a des voyages qui se terminent
pour en commencer d'autres,
intérieurs.
Aux sombres heures,
mon cœur
découvre ses frontières.

Voici venir
ce moment irréel
pendant lequel
les souvenirs s'entremêlent
et s'étirent
dans le désir
contradictoire
de rester ou de partir,
scellant à tout jamais
la grotte de l'oubli.

Ainsi s'exprime
l'impermanence des choses.
La route faite ensemble
s'arrête là.
Je pars tout droit
et toi,
tu restes là.

Je prononcerai ton nom,
parfois,
pour me prouver
que tu as existé.
Tout s'éloigne déjà
et seul reste,
dans ma poitrine,
le poids de quelque chose
qui n'existe pas.
Et qui lance pourtant
quand me parviennent,
disloquées,
les intonations de ta voix.

Avancer dans l'inconnu
sans qu'il ne nous enfouisse,
pour le reconnaître.

C'est en soumettant des âmes meurtries
que l'Occident perdit
ses certitudes spirituelles
au profit du doute rationnel.
C'est en découvrant cela
que depuis
brûlent en moi
un nouveau feu
et une nouvelle foi.

À force d'écouter
le silence de l'univers,
nous n'entendons plus
les messages de la Terre.
En nous perdant dans les étoiles
nous avons oublié
de garder les pieds sur terre.

On ne sait où l'on va
qu'une fois arrivé.
Le vrai voyage
c'est celui que j'ai dû faire
en moi-même,
c'est ce que la rencontre
avec l'inconnu
met à nu.

Des chercheurs ont comparé
la structure de l'univers
à celle du réseau neuronal.
En chacun de nous,
l'univers se déploie,
tout est interconnecté,
tout comme la science
et la spiritualité.

Parfois on parcourt
dix mille kilomètres
pour revenir d'où l'on vient,
et découvrir
qu'un nouveau monde
nous attend dans le jardin
où on a passé tous ses étés.

Sur le marque-page coloré
dansent des souvenirs
qui commencent à se transformer.
Ils ne seront bientôt plus aussi vivaces,
ils prendront leur place,
dans un recoin de ma mémoire,
et tout mon être se recomposera.
Ils feront partie de moi,
si bien que je ne saurai
bientôt plus ce qui a été.

Repenser aux choses qu'on a laissées
dans les malles en fer du grenier
et s'imaginer
à la recherche de vieux tissus
pour en faire des robes d'été,
retrouver une recette au fond d'un tiroir,
et un bouquet de fleurs séchées
qui attend la vérité.

Et voir le monde
comme il a toujours été,
avec des yeux nouveaux.
Et l'entendre résonner,
dans de nouveaux échos.

Les couleurs du Mexique
vibrent en moi.
Et tout le reste,
au son de nouvelles voix.

Lexique

Le réveil

nopal : figuier de Barbarie.

comal : ustensile de cuisine plat de forme ronde permettant de cuire ou de réchauffer les *tortillas*, traditionnellement fabriqué en terre cuite.

mariachi : musique traditionnelle mexicaine originaire de l'état de Jalisco. Désigne à la fois les musiciens et la musique.

tortilla : fine galette de maïs qui ressemble à une crêpe (à ne pas confondre avec la *tortilla* espagnole qui est une sorte d'omelette épaisse).

lavadero : évier pour faire la lessive.

tacos : *tortillas* de maïs garnies et pliées, se mangent avec les mains.

barbacoa : viande de bœuf longuement mijotée et effilochée.

salsa : sauce.

torta ahogada : littéralement « sandwich noyé », c'est un sandwich qui baigne dans de la sauce tomate épicée, spécialité de Guadalajara.

tortuga : tortue.

À Guadalajara, les habitants appellent les *tortas ahogadas* : *tortugas ahogadas*, ce qui a donné le jeu de mots et le nom du restaurant.

horchata : l'*horchata* fait partie des *aguas frescas*, littéralement « eaux fraîches », à base d'eau et de fruits, servies à table.

Elle est préparée à base de lait de riz et de cannelle.

alebrije : créature imaginaire qui possède des éléments de différents animaux, à l'origine fabriquée avec du papier mâché. Les *alebrijes* ont été créés par Pedro Linares Lopez dans les années 1930 et sont aujourd'hui sculptés dans le bois.

« *Ay ay ay ay*
Canta y no llores
Porque cantando se alegran
Cielito lindo
Los corazones. »

« Ah ah ah ah
chante et ne pleure pas
parce qu'en chantant
petit chéri,
les cœurs se réjouissent. »

Extrait de *Cielito lindo*, la chanson populaire mexicaine la plus connue.

salsa verde : sauce verte à base de tomates vertes, piments, oignon, coriandre.

mordida : littéralement « bouchée », ou « morceau ».

Au Mexique, la personne dont c'est l'anniversaire doit manger la première bouchée du gâteau les mains dans le dos, avec la bouche. À ce moment-là, tout le monde s'écrie *Mordida !* et quand la personne s'approche du gâteau, on lui met la tête dedans.

Il existe une autre signification de *mordida*, un pot de vin.

ahora : maintenant.

mañana : demain.

Au Mexique, *ahora* peut signifier maintenant, dans vingt minutes ou deux heures. Il en est de même pour *mañana*, qui peut signifier demain, tout comme après-demain ou dans trois jours.

colonia : quartier.

huichol : les Huichol sont un peuple indigène vivant selon ses traditions ancestrales.

Le paradis perdu

colectivo : transport en commun qui circule d'un quartier à l'autre ; cela peut être une camionnette ou un minibus.

palapa : toit de feuilles de palmiers.

huevos a la mexicana : œufs à la mexicaine. Petit-déjeuner populaire composé de tomates, oignons et piment *habanero*.

frijoles : haricots noirs ou rouges cuits et servis entiers ou en purée. Ils font partie des ingrédients de base de la cuisine mexicaine.

lancha : petit bateau ou barque à petit moteur.

sopes : bases d'une épaisse pâte de farine de maïs recouvertes de garniture.

enchiladas : *tortillas* garnies et recouvertes de sauce.

empanadas : chaussons farcis.

agua de Jamaica : fait partie des *aguas frescas*. C'est de l'eau d'hibiscus, appelé *Jamaica*.

pozole : ragoût composé de viande et de maïs.

mole : sauce traditionnelle composée d'un grand nombre d'ingrédients, dont le principal est le cacao.

ceviche : poisson ou fruits de mer crus qui cuisent dans une marinade de citron vert.

perrito : chiot.

« *Ay pero quiereme*
Solo basta una sonrisa
Para hacerte tres regalos :
Son el cielo, la luna y el mar. »

« Ah, mais aime-moi !
Il me suffit seulement de ton sourire
Pour que je t'offre trois présents
Qui sont le ciel, la lune et la mer. »

Extrait de la chanson *Tres regalos*, chanson populaire très connue, dans le genre musical de la chanson *ranchera*, genre régional lié au *mariachi*.

cumbia : genre musical originaire de Colombie.

bachata : genre musical originaire de République dominicaine.

margaritas : cocktail à base de tequila.

playa : plage.

El sueño posible : le rêve possible.
coco : noix de coco.

Le rivage

El Origen : L'Origine.
pueblo : village.
sombrero : chapeau.
chicatanas : grosses fourmis ailées qui ne sortent qu'une fois par an, lorsqu'arrivent les premières pluies. Mets recherché que l'on prépare généralement en sauce.
fresa : fraise.
mango : mangue.

La terre

comedor : littéralement « salle à manger » ; ici il s'agit de ce qu'on appelle les comptoirs, qui servent une nourriture typique et bon marché.
guayaba : goyave.
chapulines : criquets que l'on déguste frits dans l'huile, avec du piment. C'est un mets très apprécié.
sopa de guías : soupe de tiges de citrouilles, servie avec des épis de maïs et parfois de la fleur de citrouille.
cocina : cuisine.
casita : petite maison.
El Camino a palma : nom de la rue.

huipil : vêtement traditionnel porté par les femmes, brodé.

tienda : échoppe.

rambután : ramboutan, on l'appelle aussi litchi velu.

Guamúchil : tamarin d'Inde. *Guamúchil* désigne tout aussi bien l'arbre que son fruit.

tamales : plat à base de farine de maïs, enveloppé dans une feuille de maïs et cuit sous la cendre.

Pan de yema : pain sucré au jaune d'œuf.

L'eau sacrée

cenote : grotte remplie d'eau au sein d'un massif calcaire, dont le toit s'est en partie ou complètement effondré.

Xibalba (maya) : le monde souterrain.

báalche' (maya) : La liqueur de *báalche'* est une boisson alcoolisée utilisée dans les cérémonies d'origine préhispanique, extraite de l'arbre du même nom.

sacbés (maya) : chemin blanc.

macan ché (maya) : à l'ombre des arbres.

El palacio rosa : le palais rose.

Chechén : arbre dont la sève est toxique pour l'homme.

Chacah : arbre servant d'antidote à la sève toxique du *Chechén*. Il pousse non loin de lui.

retornos : littéralement « retours », les *retornos* permettent, sur les grands axes routiers, de faire demi-tour sans sortir de l'axe routier, par une bretelle de décélération sur la voie de gauche pour se retrouver dans le sens de circulation inverse.

¡ Viva México ! : Vive le Mexique !

El Grito : Le Cri, aussi appelé le Cri de l'indépendance, célébré le 15 septembre au soir.

La source

Ciudad de muchas aguas : ville aux eaux nombreuses.

Descansa, deja el mundo correr : Repose-toi, laisse le monde courir.

cempasuchil : rose d'Inde.

Merci à toutes les personnes rencontrées sur la route de ce nouveau monde.

Merci à Margaux de savoir lire entre mes mots.

Merci à Louise d'accueillir ma créativité.

Merci à toutes les équipes de Flammarion.

Retrouvez Anaïs
www.anaisvanel.com
Instagram @anaisvanelanaisvanel
Retrouvez la playlist « Le Nouveau Monde »
sur Spotify

Du même auteur

Tout quitter, Flammarion, 2019.

NORD COMPO
multimédia

Composition et mise en pages
Nord Compo à Villeneuve-d'Ascq

Achevé d'imprimer en France
par Normandie Roto Impression s.a.s.
61250 Lonrai
N° d'impression 2103391
N° d'édition : L.01ELIN000575.N001
Dépôt légal : septembre 2021